CATALOGUE

—

ESTAMPES

ANCIENNES ET MODERNES

SUJETS MYTHOLOGIQUES

ET GRACIEUX

DE L'ÉCOLE DU XVIII° SIÈCLE

LIVRES

DONT LA VENTE AURA LIEU

Après décès de M. TOUGARD, de Bois-Milon

HOTEL DES COMMISSAIRES-PRISEURS

RUE DROUOT, 5, SALLE N° 4

AU PREMIER ÉTAGE

Le Samedi 29 Juin 1872

A UNE HEURE PRÉCISE

———

M° DELBERGUE-CORMONT, Commissaire-Priseur,
rue de Provence, 8,
Assisté de **M. AUBRY**, pour les Livres,
Et de **M. VIGNÈRES**, pour les Estampes,
rue de la Monnaie, 13, à l'entre-sol,
CHEZ LEQUEL SE DISTRIBUE LE CATALOGUE

———

EXPOSITION PUBLIQUE

Le Vendredi 28 Juin 1872, de une heure à quatre heures.

———

PARIS — JUIN 1872

CONDITIONS DE LA VENTE

Elle sera faite au comptant.

Les Acquéreurs paieront CINQ pour CENT, en sus des enchères, applicables aux frais de vente.

L'ordre du Catalogue sera suivi.

Les Livres seront vendus après les Estampes, à 4 heures.

⁂

M. VIGNÈRES, dirigeant la Vente, se charge des Commissions.

NOTA. Toute commission, sans prix fixé ou sans limite déterminée, sera regardée comme nulle.

M. VIGNÈRES se charge de faire marquer les prix aux Catalogues des ventes qu'il a faites. Les personnes qui le désirent peuvent s'adresser à lui *franco*.

Plusieurs Amateurs éloignés en ont reconnu l'utilité pour les guider dans leurs achats sur les valeurs des Estampes.

Les Catalogues des Ventes à faire seront envoyés aux personnes qui en feront la demande *affranchie*.

AVIS. — Nous prions MM. les Amateurs éloignés de ne pas attendre au dernier jour, pour que les lettres arrivent le matin de la Vente: ils comprendront que quelques lettres peuvent se lire, mais de 20 à 50 lettres, c'est difficile.

M. VIGNÈRES se charge des commissions dans les ventes de Livres et Estampes autres que les siennes.

Choix de Catalogues avec prix marqués.

Michel 37

Michel 47.   Vol. 50

Servo 10   Michel 52.   Vol 35

April 10

Vol 25

Down 15   Michel 376   R. 150   Math. 10   Vol 350

CATALOGUE

1 **Amiconi**. Diane et Endymion et autres pasto-
rales, par Wagner. 4 p. in-fol.   *5*

2 **Anonyme**. Les Grâces lutinées par les Amours.
les Amours attachés par les Grâces, deux char-
mantes compositions grand in-fol. avant toute
lettre, toute marge, rares.   *2 1 Viy*

3 — L'Amour à l'épreuve (fait historique), très-
belle ép., petit in-fol. avant le changement,
marge,   *3 5 Viy*

4 **Aveline**. Jupiter et Io. — Toilette de Vénus.
3 p., dont une avant toute lettre, in-fol.   *6 . 50*

5 **Avril**. Vénus désarmant l'Amour. Superbe ép.,
premier état avant le changement et avant la
lettre, petit in-fol.   *5 5*

6 **Baudouin** (D'ap.). Le Modèle honnête, in-fol.
par *Moreau* et *Simonnet*.   *11*

7 — Le Curieux, petit in-fol. par *Maleuvre*. Marge.   *26*

8 — Les Quatre parties du jour, gravées par
de Ghendt. Le Matin, 1er état ; le Midi, le Soir,
1er état ; la Nuit, 4 p. petit in-fol. Superbes ép.
avant toute lettre ; 2 sont avant le changement.
Suite rare.   *380*

9 — L'Enlèvement nocturne, in-fol. par *Ponce*.
Superbe ép.   *20*

10 — L'Épouse indiscrète, par *Delaunay*, in-fol. Superbe ép. avant la dédicace, belle marge.

11 — Le Lever, petit in-fol. par *Massard*. Charmante composition, gracieuse.

12 — Le Coucher de la Mariée. par *Moreau* et *Simonet*. Magnifique ép. avant toute lettre avec les armes, in-fol., marge.

13 **Beauvarlet**. Minerve surprise au bain. Magnifique ép. avant toute lettre, marge.

14 **Bettelini**. Hercule et Omphale. — Jupiter et Junon, 2 p. d'ap. *Carrache*, petit in-fol., grande marge.

15 **Blanchard** (D'ap.). Angélique et Médor, par *Voyez* l'aîné, in-fol. Superbe ép. avant la lettre, marge. — Différente composition, par *Silvestre*, 2 p.

16 **Borel** (D'ap.). La Correction inutile, trois bacchantes, petit in-fol. par *François*, sanguine, rare.

17 — L'Indiscret, par *Dequevauvillers*, petit in-fol. Belle épreuve.

18 **Boucher** (D'ap.). Vénus surprise par l'Amour. — Vénus assise. — Pan et Syrinx, 3 p. Sanguine et bistre, in-4.

19 — Vénus couchée et l'Amour dormant. — Bergère surprise au bain. 2 Sanguines très-belles.

20 — Bacchante couchée, vue de dos. — Naïades et Tritons, 2 p. Sanguine, in-fol. Superbes.

21 — Andromède. Superbe ép., gr. in-4.

22 — 1763. Femme de Boucher, n° 1. Figure de femme couchée. Très-gracieuse.

Apr.   Michel 26.

ER.

Michel 21   Seven 10

Michel 16

Michel 30

Chisram

Sat   R 8

. L 25

R. 6. M. Buch. 5.
Sat 10   Michel 23

Bue 9

Michel 16

Michel 13

Chorion

ER   Michel 42   Apostel   Vol. 40

                R 35.   Langen 10

M. d. ch. 6   Michel 30   Rom. 15

                    R 18   R. 70

                        R 10

                M. d. ch. 6   Michel 16

23 — La Musique pastorale, par *Daullé*. Très-belle
ép. in-fol.   10

24 — Vénus sortant du bain, par *Michel*. Très-
belle ép. in-fol.   9   Vig

25 — L'Amour désarmé, in-fol. par *Fessard*.
Superbe ép.   16

26 — Vénus se préparant pour le jugement de
Pâris, in-fol. par *de Lorraine*. Superbe ép.   11

27 — Le Réveil. Jolie femme couchée sur le ven-
tre, charmante pièce gracieuse, in-fol. par
Sornique. Très-belle ép. avant toute lettre.   103   Vig

28 — Jupiter et Léda. Deux Nymphes et le Cigne,
charmante composition. Superbe ép. avant toute
lettre.   39   Vig

29 — La Courtisane amoureuse. — Le Fleuve Sca-
mandre; 2 jolies p. par *de Larmessin*, in-fol.
(Contes de Lafontaine).   28   Vig

30 — Pan et Syrinx, par *Martenasie*. — Sylvie dé-
livrée par Aminte, par *Gaillard*, 2 p. in-fol.
Très-belles ép.   31

31 — Fontaines, Cérès, Vénus et l'Amour. Étude
de femme, etc. 6 p.   16.50

32 — Les Grâces au bain. — Arion. — Vénus donnant du nectar à l'Amour. 3 p. in-fol.   9.50

33 — Les Bacchantes endormies. — Les Nymphes
au bain. — Triomphe de Vénus sur la mer, en-
tourée de Naïades et Sylvains. — Enlèvement
d'Europe. — Mariage de Psyché et l'Amour, 5
p. in-fol.   16.50

34 **Bounieu**. Bethsabée au bain, in-fol. par
Benoist. Superbe ép. marge.   6.50

35 **Brion**. La Toilette au Sérail ? d'après *Krauss*, manière noire, in-fol. avant la lettre.

36 **Canova** (D'ap.). Danseuse. — Vénus Vincitrice. — L'Amour charmant Chloris, vue devant et derrière. 4 p. gravées, grand in-fol.

37 — Statues lithog. Les Grâces, etc., et autres. 7 p. in-fol.

38 **Carême** (D'ap.). Le Satyre impatient. Très-belle ép. in-fol.

39 **Coypel** (D'ap.). Jupiter et Antiope, sup. ép. — Vénus sur les eaux, collée sur carton. — Thalie chassée par la Peinture. — Suzanne et les Vieillards. 4 p.

40 **Debucourt**. Calendrier républicain, an II. Extrêmement rare et curieux, les noms des saints étant remplacés par les noms de légumes, carottes, panais, etc., animaux tels que cochon, chien, dindon, les décades par tonneau, cuve, panier, etc. (*Élégante imagination.*)

41 — Exercice de Franconi, n° 2. In-fol. grande marge, d'ap. *Carle Vernet*.

42 **De Launay**. La Chute dangereuse. Magnifique ép. in-fol., d'ap. *Meyer*. Grande marge.

43 **Deshais** (D'ap.). Suzanne et les Vieillards. In-4, par *Nicollet*. Sup. ép. avant toute lettre.

44 — La Fidélité surveillante par *Hemery*. Superbe ép. d'une pièce gracieuse avant la lettre. Petit in-fol. toute marge.

Michel 31   Bravo 12

Chauvin

B 50   R 25   82 10

Larspier 10

Michel 21

Michel 16

sel 20   R 25

M. D. Ch. 10   Michel 13

Michel 12   Val 25

Michel 15   Laujuan 7

Devo 15   Apl 10

Devo 15
Ex   Laujuin 35

Michel 12   Hartley 15   Val 25

M. D. Ch. 6   Michel 20   Michel 12

45 **Deveria** (D'ap.). Garde à vous. — Ne regardez pas. 2 petites pièces gracieuses, in-4, manière noire, par *Sixdeniers*. Très-belle ép., toute marge.

46 **Eisen** (D'ap.). Les Délices de la vie champêtre. Deux Baigneuses, in-4. Ovale équarri.

47 — Henri IV et Gabrielle, par *De Monchy*. In-fol. Marge.

48 — La Vertu sous la garde de la Fidélité. Petit in-fol. par *Lebeau*. Belle ép.

49 **Folo.** Mars et Vénus. In-fol. ovale équarri en hauteur, d'ap. *Cangiase*. — Jupiter et Antiope, gr. in-fol. d'ap. *Gagnereaux*. 2 p. très-belles avec marge.

50 **Fouquet** (D'ap.). Livre de diverses pensées allégoriques. Panneaux d'ornements avec figures, par Mlle *Renard du Bos*. 7 p. toute marge. Très-belles ép.

51 **Fragonard** (D'ap.). La Chemise enlevée, par *Guersant*, dans un ovale équarri en hauteur, pièce gracieuse très-rare. Petit in-fol.

52 — Le Verrou, par *Blot*. Très-belle ép. in-fol.

53 — La Gimblette. Très-belle ép. avant la lettre.

54 **Freudeberg** (D'ap.). Le petit Jour, par *De Launay*. Superbe ép. petit in-fol. Marge.

55 **Friese** (Chez). Aux Amateurs de physique. Pièce drôlatique. La Foule grimpe sur la terrasse des Tuileries pour voir le ballon. Petit in-fol. à l'eau-forte.

56 **Garnerai.** La Jarretière. Superbe ép. avant la lettre, in-fol. par *Michault*,

57 **Girodet** (D'ap.). Les Amours des dieux. 15 p. lithog. par ses élèves, et texte, la Danse, par *Negelen*, en tout 16 p. sur chine.

58 — Érigone. In-fol. lithog. par *Aubry-le-Comte* et *Girodet*. Très-belle ép. avant la lettre.

59 — Érigone. — Ariane et autre, par *Ruhierre*. 3 p. petit in-fol. Superbes ép. avant la lettre, sur chine, toute marge.

60 — Vénus sur les eaux. — Toilette de Vénus, par *Aubry-le-Comte*, et autres, d'ap. *Lancrenon*, etc., lithog. Sujets mythologiques. Grand in-fol., 12 p.

61 **Hilaire** (D'ap.). L'Esclave heureux, petit in-fol. par *Mathieu*. Marge.

62 **Hogarth**. Les Comédiens dans la grange, scènes pittoresques et comiques. In-fol., ép. sans marge.

63 **Huet** (D'ap.). Ce qui est bon à prendre est bon à garder, par *Chaponnier*. Belle ép.

64 **Hutin** (D'ap.). La Madeleine en adoration. In-fol. par *Tardieu*. Très-belle ép. glomisée.

65 **Janinet**. Les trois Grâces, jolie pièce gracieuse en couleur. Très-belle ép. glomisée.

66 **Jaurat** (D'ap.). Diane au bain, par *Dupin*. Superbe ép. in-fol. Marge.

67 **Lagrenée**. Le Chant, par *Fessard*. — Suzanne et les Vieillards, par *Helman*. — Pygmalion amoureux de sa statue, par *Dennel*, 3 p. Belles épr.

68 **Lancret** (D'ap.). Les Rémois, par *de Larmessin*. Conte de Lafontaine, in-fol. Belle ép.

Chez

Apl 10

Lanjuinais   15   Michel   15

Yarini 3. 50   P. Arbo 8.

R. 8

Roué 10.   M. du Ch. 5

Michel 30   Michel 10   Apl 10

M. D. Ch. 8   Rons 15

Michel   15

Michel 15   Michel 13   Apl 10

Michel 73   Val 40
Michel 59   Val 80

E2   Michel 65   Apl 10.   Val 60

Michel 50   Michel 15   R 45   Val   eeee

Ap. 90.   Michel 35   R 70   Val   }   Ap. 10

Guillon 201.   Michel 160   R 140   Val   B 160

Medoch 4   Michel 20   Apl 10

69 — La Soirée, cinq baigneuses. — L'Été, seize
baigneuses. 2 p. in-fol. *12.50 Vig*

70 **Larmessin**. Le Villageois qui cherche son
veau. — Frère Luce. — La Jument de compère
Pierre. 3 p. in-fol. (Contes de Lafontaine.) *18*

71 **Lavreince** (D'ap.). La Balançoire mystérieuse.
— Les Nymphes scrupuleuses, 2 p. par *Vidal*,
petit in-fol. Belles ép. *19*

72 — Le Roman dangereux, par *Helman*. Belle ép.,
petit in-fol. *71*

73 — Qu'en dit l'abbé? par *De Launay*. Superbe ép. *73 Vig*

74 — Le Billet doux, par *De Launay*. Magnifique ép.
avec *le Billet doux*, très-léger dans les nuages,
au-dessus des armoiries seulement. Très-rare
de cet état. *112*

75 — L'Heureux moment. Superbe ép. avant toute
lettre, avant la bordure ; les perles sont à l'eau-
forte. Marge. *150*

76 — École de danse, par *Dequevauviller*. Magnifique ép. toute marge. *108 Vig*

77 — Le Lever et le Coucher des ouvrières en mo-
des, par *Dequevauviller*, 2 p. Magnifiques ép. toute
marge, in-fol. *231 Vig*

78 — L'Assemblée au salon. — L'Assemblée au
concert, par *Dequevauviller*, 2 p. remarquables
pour les costumes et l'intérieur des apparte-
ments. Magnifiques ép. avant les dédicaces. Toute
marge. *340*

79 **Le Mesle** (D'ap.). Le Cuvier, par *Fillœul*. Conte
de Lafontaine, in-fol. *11 Vig*

80 **Lemoine** (D'ap.). Andromède. — Le Temps enlevant la Vérité. 2 p. in-fol. par *Cars*. Très-belles ép.

81 **Lempereur**. L'Attente du plaisir, in-fol. d'ap. *Carrache*. Belle ép. avant la dédicace.

82 **Lithographies**, par J. David, Devéria, Levilly, etc., 25 p. Sujets gracieux.

83 **Monnet** (D'ap.). Salmacis et Hermaphrodite, par *Vidal*. Très-belle ép. petit in-fol.

84 — Vénus et Adonis, par *Vidal*, petit in-fol. Très-belle ép., grande marge.

85 — Jupiter et Antiope, petit in-fol. avant toute lettre. Superbe ép., 1er état avant le changement. Très-rare.

86 — Les Nymphes surprises. Belle ép. petit in-fol. par *Vidal*, avant la lettre et avant la mèche de cheveux, 1er état. Rare.

87 — Le Roi d'Étiopie abusant de son pouvoir, avant toute lettre, 1er état avant le changement. Superbe ép. rare.

88 **Numa** (D'ap.). La Terre, l'Eau, le Feu, l'Air. 4 sujets de femmes nues, par *Mauduison*, et une étude lithog. 5 p. par et d'après.

89 **Photographies**. Vues de Gênes. — Pise, la Tour penchée et autres vues d'Italie. 20 p.

90 **Pièces en couleur**. Orgie anglaise, belle composition drôlatique de sept figures, digne de Rowlandson. Petit in-fol. sans marge, extrêmement rare.

Langueron 10   R 10   M. Rich. C.

Ajut 10.

Ajut 10   M. Du cu ...

Michel 51   Dawo 13.

Michel 51   Dawo 13.

Sut 10   Dawo 13.

M. ... ch 5

Langueron 15   Val 30   Michel 39   ...

M. d. ole 8   Michel 25   Apl 10

                   Michel 45   Val 25

                              Michel 25

              M. in ch. 6   A. 18

                              Livro 12

              M. in ch. 5   Apl 10

91 — Deux Dames assises sur un canapé, et dormant. Jolie composition in-4, sans marge, extrêmement rare. 30

92 — Diane et Calisto. Composition très-gracieuse de neuf figures. Superbe ép. avant toute lettre toute marge, petit in-fol. 30 *Vig*

93 — Euphrosine, bacchante nue dansant, par *Bartolozzi*. — L'Amour enchaîné par les Grâces. — Les Grâces enchaînées par l'Amour. — Jupiter et Io. — Vénus et l'Amour. 5 p. 12 *Vig*

94 **Pierre** (D'ap.). Vénus donnant des ordres à l'Amour, par *Leveque*. Superbe ép. in-fol. avant la lettre, toute marge. 15 *Vig*

95 — Titon et l'Aurore. — Bacchus et Ariadne. — Les Forges de Vulcain. 3 p. in-fol. 4.50

96 **Portraits**. Louis-Philippe Ier, roi des Français, en pied, par *Girard*, 1832, manière noire d'ap. *Hersent*, — en pied. Lithog. par *Léon Noël*, 1843, d'ap. *Winterhalter*. Superbe ép. sur chine, — en buste, médaillon, procédé *Collas*. 3 p., très-grand in-fol. 1

97 **Prud'hon** (D'ap.). L'Enlèvement de Psyché, par *H. C. Muller*, grand in-fol., très-belle ép. Toute marge. 7 *Vig*

98 **Queverdeau**. Départ pour le sabbat, par *Maleuvre*, petit in-fol. marge. 2

99 **Raoux** (D'ap.). Offrande à Priape. — Repos de Vénus et les Grâces au bain. — Angélique et Médor. 3 p., belles ép. in-fol. 8.50

100 **Regnault** (D'ap.). Jupiter enlève Io, par *Blot*, petit in-fol., très-belle ep., toute marge. 2.50

2   101 **Restout** (D'ap.). Anacréon. In-fol. par *Anselin*.

10.50   102 **Rioult** (D'ap.). L'Hésitation.— Je ne veux pas. 2 compositions de baigneuses, manière noire, par *Sixdeniers*. Superbes ép., toute marge.

12   103 **Romanet**. Le Sommeil, d'ap. *Titien*. In-fol. Très-belle ép.

17   104 **Rubens** (D'ap.). L'Enlèvement, ép. avant toute lettre.

4   105 — Toilette de Vénus. In-fol. par *Thomassin*. Belle ép.

47   106 **Saint-Aubin** (D'ap.). La Comparaison du bouton de rose, petit in-fol. Superbe ép. avant toute lettre.

18   107 **Saint-Julien**. Bonjour, ma mère. Vénus et l'Amour. In-fol. rare.

4   108 **Say**. Titania. Femme nue couchée, en couleur. Grand in-fol. collée.

19   109 **Schall** (D'ap.). Le Modèle disposé. In-fol. par *Chaponnier*. Superbe ép. avant la lettre.

17   110 **Smith** (J.). Les Amours des dieux, d'ap. *Titien*, d'ap. les peintures appartenant au duc de Marlborough. 9 p. manière noire et le titre. Suite rare.

51   111 **Strange**. Vénus. — Danaé, d'ap. *Titien*. 2 p. Très-belles ép. in-fol.

13   112 — Cléopâtre, d'ap. *le Guide*. Très-belle ép. in-fol.

11   113 — Toilette de Vénus, d'ap. *le Guide*. Très-belle ép. in-fol.

15   114 — Vénus et Adonis. Grand in-fol. d'ap. *Titien*.

28   115 **Valperga**. La Correction conjugale. In-fol. avant la lettre. Superbe ép. marge.

Jul. 10   Apl 10

Michel 16.

R. 17.   Apl 10   Michel 42

Michel 16

M.R. Michel.

Rous 20   Michel 10

Lind 15   Rous 45   Michel 51
                              ditto Michel
Rous 15
Lind 7   Rous 20

Lind 7.
  Michel 27

28

Michel 13 . Laujuin 10

M.D.Ch 15 . Michel 11

April 10

Chian.... M.D.ch. 5

Chian.... M.D.ch. 6

116 **Vanloo**. Vénus désarmant l'Amour, par *Henriquez*. Superbe ép. avant la lettre, petit in-fol. toute marge.

117 — Jupiter et Antiope, par *Fessard* et *Vangelisty*. In-fol. avant la lettre.

118 — Les Grâces, par *Pasquier*. In-fol., jolie composition.

119 **Watteau** (D'ap.). Pomone. — Le Sommeil dangereux. — Triomphe de Vénus, par *P. M.* — Panneau arabesque. — Costume, dame de qualité. 5 p.

120 **Wattier**. Espiègleries et naïvetés. 5 numéros coloriés, à 9 sujets à la feuille. Rares et autre. 6 p. in-fol. lithog.

121 **Vidal** (Chez). La Surprise agréable. Très-belle ép. petit in-fol.

122 **Vitali**. Vénus et l'Amour avant la lettre. — Cupidon désarmé par sa mère, d'ap. *Véronèse*. 2 p.in-fol. Marge.

123 **Sujets bibliques**. Adam et Ève. — Joseph et Madame Putiphar. — Loth et ses filles. — Suzanne et les Vieillards. 12 p. d'après divers maîtres.

124 **Sujets mythologiques**. Diane et ses Nymphes. — Diane et Actéon. — Diane et Calisto. 8 p. d'après divers maîtres.

125 — Vénus à la Coquille. — Vénus et l'Amour.— Les Grâces. — Salmacis et Hermaphrodite. — Hercule et Omphale. — Jupiter et Danaé. — Jupiter et Léda. 18 p. d'après divers maîtres.

27   126 — Triomphe de Galatée. — Vénus et Adonis. — Diane et Endymion et autres pièces du XVIIIe siècle, le Verre d'eau, d'ap. Fragonard, etc. 18 p. d'après divers maîtres.

4   127 **École flamande**. Aristote, le Dessinateur, d'après le modèle, par Rembrandt. — Vénus et l'Amour, par Goltzius et autre. Lairesse, etc. 10 p.

15.50   128 **École italienne**. Eaux-fortes de Carrache, Sujets mythologiques, d'ap. Albane. — Vénus et l'Amour, etc. 20 p.

15   129 **École française**. D'ap. Le Brun, Poussin et autres. Eaux-fortes pures de Levasseur, Fessard, Brebiette, etc. 34 p., 2 lots.

22   130 **École XVIIIe siècle**. D'après Boucher, Fragonard, Grangeret, etc. 16 p. Sujets gracieux, épreuves modernes.

15   131 **École moderne**. Sujets mythologiques et autres, d'après Poussin et autres. tirés du Musée français, galerie d'Orléans, galerie de Florence, etc. 25 p. Sujets gracieux.

7   132 — Phrosine et Mélidore, par Allais d'ap. Rioult. — Les Nymphes au bain, par Desnoyers. — Psyché et l'Amour, d'ap. Picot. 3 p. gr. in-fol.

3   133 **Vignettes**. Vues d'Angleterre. 68 p., plusieurs à la feuille.

2   134 Expédition du duc d'Orléans, les Bibans ou Portes de fer, Passage de l'armée française, 7 p.

7   135 DESSINS. Vénus tenant la pomme, statue sur un piédestal entouré d'Amours dansant, mine de plomb, par Guiard, sculpteur; présenté à Mme la duchesse de Chartres.

April 10

M. Deutsch. 10

H. S. Ch.
Don Quixote

Vol. 25   Defontaines 20   Michael 22

Michael. 13

width 5.   Livres 3

136 WILLE fils, 1758. Jeune femme nue, vue de dos, se regarde dans un miroir; un garçon entr'ouvre un rideau. Encre et aquarelle.

137 ANONYME. Trois Baigneuses; gouache.

138 — Femme couchée tenant un portrait. — Berger surprenant une bergère se baignant les pieds. 2 dessins mine de plomb.

139 — Femme se parant pour un sacrifice à Priape, au bistre.

140 — Suzanne et les Vieillards, lavée de sanguine.

141 — Tête à la plume, par Bernard, relevée de couleur. — Coupe sur calque. — Académie de femme, sanguine. 3 p.

142 — Jeune fille au bain surprise par deux indiscrets qui sont des portraits. — Jeune fille au bain, étude académique. 2 dessins, crayon noir.

143 Portefeuille de 95 sur 68 centimètres, fond mou, trois bavettes. Très-bon.

LIVRES

—

Environ **700 volumes** anciens et modernes, dont :

Collection de la Revue des Deux-Mondes, depuis 1830 jusqu'en 1879, 270 vol., d.-rel. bas. rouge.

Dictionnaire de Moréri. *Paris*, 1759. 10 vol. in-fol., rel.

Art de vérifier les dates. 3 séries formant 35 vol. in-8.

Histoire d'Angleterre, de Rapin-Thoiras. 10 vol. in-4.

Histoire universelle, de De Thou. 10 vol. in-4 rel.

OEuvres de Voltaire. 42 vol. in-8, rel.

Journal de Flore et Pomone. 15 vol., rel. Pl. col.

Flore des serres et des jardins de l'Europe.

Portefeuille des horticulteurs.

Leçons sur la physiologie et l'anatomie comparée de l'homme et des animaux. *Paris*, *V. Masson*, 1857.

OEuvres de Balzac.

Nombreux classiques grecs et latins, Elzévirs. Ed. Cazin, etc., etc.

RENOU et MAULDE, imprimeurs de la Compagnie des Commissaires-Priseurs rue de Rivoli, 144.   21802

47   étranger   3.36
310   France etc   15.50
55   Paris   2.75
210   Lasqueur   10.
622   31.61

Moniteur universel   32.
* 23 montagne 30   6.90
× 94   a 25   23.50
1   5   a 15   75
6 mains chemise   10.50
            a 1.75

Honoraires   207.50
Transport à l'hôtel   2.50
                          ─────────
                          315.25

RED. :

19

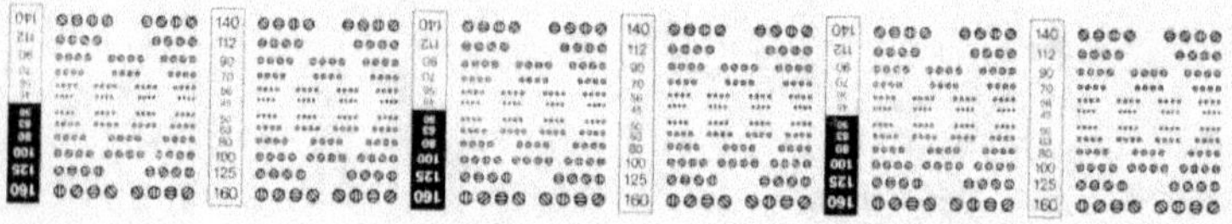

MIRE ISO N° 1

NF Z 43-007

AFNOR

Cedex 7 - 92080 PARIS-LA-DÉFENSE

379.80 70
graphicom

0 1 2 3 4 5 6 7 8 9 10

www.ingramcontent.com/pod-product-compliance
Lightning Source LLC
LaVergne TN
LVHW020622180726
843502LV00006B/1821